Punch
Drunk
Love

펀 치 드 렁 크 러 브

글 · 모스카레토

그림 · 옥동

blackD

Contents

punch
Drunk.
Love

Chapter

05

자세 제대로
안 하지?

그,
그렇지만….

네가 먼저
자 달라고
애원했잖아.

나
좋아한다고,

스윽…

으…

으응…

스윽

하아

하아

하아…

미친….

무슨
저런 표정을
지어?

야해
빠져서.

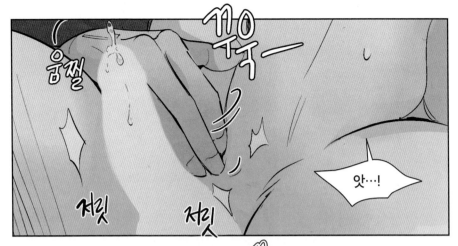

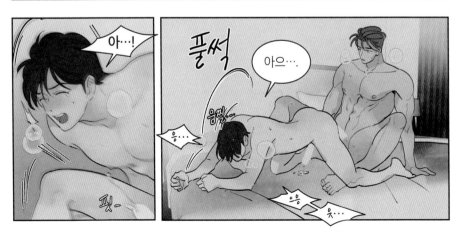

하아

하아

하아

대, 대리님⋯.

자꾸
약한 소리 해서⋯
죄송해요.

하아

훌쩍⋯

그런데
이거, 너무.

하아

이 자세
너무⋯.

느껴져서
힘들어요⋯.

13

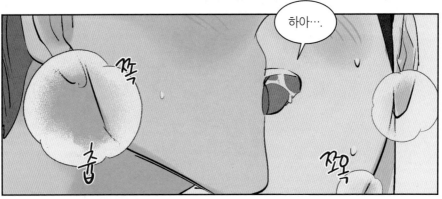

하아…

17

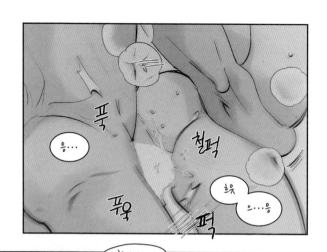

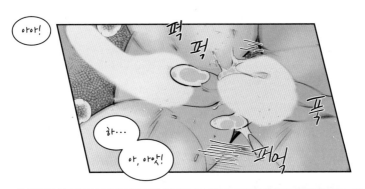

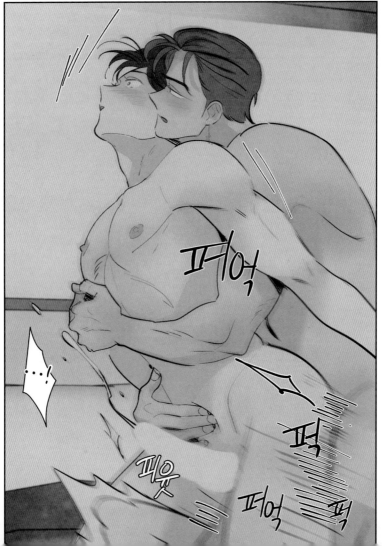

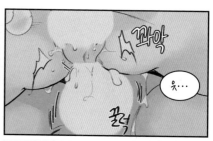

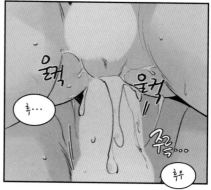

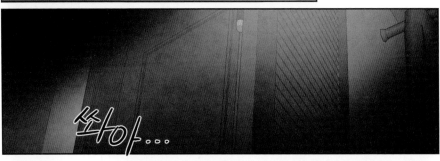

쏴아...

......!

쿰뻑...

쏴아아   쏴아

스읔

아이고,
삭신이야.

으으... 안경

안경

더듬

하-

대체 몇 번을
한 거지….

만지작

더듬

더듬

어라...?

저, 몸이
깨끗한데…

혹시 기절한 사이
대리님이
씻겨 주셨어요?

또
기어오르지.

싸늘ㅡ

움찔

죄, 죄송해요….

숙

…혹시 피라도
났는지 살펴보다가
대충 물만 끼얹어 준 거니까
제대로 다시 씻어.

네···

꼼지락 꼼지락

······

음···

저, 대리님.

자꾸 귀찮게 부를래?

저녁··· 아직 안 드셨잖아요.

배고프지 않으세요?

제, 제가 살게요!

룸서비스… 다 시키셔도 괜찮아요.

뻥뚝

이 새끼 봐라?

아니면 여기 레스토랑이…,

으앗!

휴들

뒷정리 좀 해 줬다고 바로 기어오르네?

삐끗—

타악

힝

넌 애가 왜 그러냐?

풀썩

아….

감사합니다….

……

귀찮게 안 할게요. 밥만…,

징징

정말 밥만 먹고 헤어져요.

후후… 그리고 이렇게 익숙해지는 거지.

후후…

떡 치고 싶을 때, 같이 밥 먹을 만만한 사람 필요할 때…

후후후

그런 심심풀이 땅콩처럼 대리님께 자연스러워지는 거야.

라고 인터넷에서 배웠습니다.

…씻고 나와.

하…

저, 정말요?

저리 떨어져.

땀 냄새, 정액 냄새 범벅 이야, 너.

죄, 죄송합니다.

탁

깨끗하게 씻고 나올 테니까 어디 가시면 안 돼요, 대리님.

후다닥

금방 나올게요.

네?

힝…

꾸글

……

허…. 아직
알람 울리기
전이네.

척

척

이런 식으로 소소하게
일상이 어긋난 지 좀 됐다.

정확히는 대리님과
그런 사이가 된 이후로…

그런 것 같다.

풀썩

히힛-

흠흠~

칙-
칙

설레서 잠이
안 오고

세상이 눈부시고~

아름답구나~

아침에도 눈이
번쩍 떠진다.

탁

흠…

하아…

…김 팀장 이 새끼는

왜 자꾸 박선우를 물고 늘어지는 거야.

그래, 뭐 실수로 법카 긁은 건 내 잘못이라고 쳐.

하…

그렇다 치는 게 아니라 님 잘못 맞는데요?

나 박선우 씨 너무 불편해.

그런데 그거랑 별개로,

……

예에….

그렇게
자기 맘대로 굴 거면
회사를 왜 다녀?

그 새낀
협조라는 걸 모른다고!

팀장님, 일단
진정하시고….

나만 그렇게
느끼는 거 아닐 텐데?

그럼 이것도
인사팀에서 조치해 줘야
하는 거 아닌가?

씨발.
나도 저 새끼 고충 신고
넣으면 안 되나?

하아…

곧 인사 철 오니까 그때 다시 얘기하시죠.

꾸깃

무슨 말씀인진 알겠는데 어차피 전 대리 나부랭이라 도와드릴 수도 없다고요.

흑…

벅벅

하긴… 정 대리 붙들고 할 얘긴 아니긴 하지.

상무님께 다시 말씀드려 봐야겠어, 진지하게.

뚜득…

살살 해 주세요, 살살.

주물

주물

에잉-

아, 이거.

카드.

당장 쓸 일 없으니까.

까딱

까딱

네, 팀장님.

타악—

그냥 저 새끼 죽일까?

……

흠—

짜증 나는데 박선우나 괴롭힐까?

43

이전까지는
아무것도 모르고
대리님을 좋아했다.

잘생겼으니까.

멋있으니까.

알게 모르게
사람들에게 선을 긋는
성격이라는 건 알았지만

그것마저도
멋있어 보였다.

그런데…
어찌어찌 대리님과
자게 된 이후로는

말도 안 되게
마음이 자라나고 있다.

꼼질

자꾸도 크고

꼼질

섹스 취향도
잘 맞는 것 같고.

무엇보다…

선우 씨 어디 아파?

제가 아름다운 상상만 계속할 수 있게 고개 좀 돌려 주세요.

뭐야...?

이전까지는 감히 닿을 수도 없고

가질 수도 없는 사람이니까

저 얼굴과 몸을 볼 수 있는 걸로도 충분했는데

분명 그렇게 생각했는데.

누굴 좋아한다는 게
이런 거구나,
싶을 정도로

대리님이
좋아져서

쿵—

이거 수식
또 틀리셨네요.

어어?

지잉~

대리님이…

나하고만
잤으면 좋겠어.

탁
타닥
탁
탁

……

……

!!!

슥

정태문 대리님

오전 09:00

정태문 대리님
퇴근하고 어디 좀 가자
식사할 수 있는 곳으로

오후 3:14

부비적

부비적

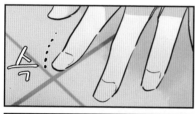

선우 씨!

까하~

깨하하하하~

안녕히 계세요

여러분~

박선우 씨!!

흠—

똑
똑

달칵——

왜 이렇게
늦…

대리님!

으악!

너, 너…

히이익!

꼴이 왜 그래!!!!

응?

오,
열광적인 반응!
갈아입고
오길 잘했다.

스윽

힛-

절레

절레

어…

어어어

첫 데이트니까
힘 좀 줘 봤는데.

이렇게 격한 반응은
처음인 것 같아서
뿌듯하군.

나도 이런 야한 옷은
처음 입어 봤잖아.

너 품바야?
옷이 이게 뭐야?

푸, 품바요?

어얼씨구~

저얼씨구~

시, 신경 써서
고른 건데….

별론가요?

나름
비싼 건데요….

이게?

색은 왜
이딴 걸 골랐어?

오늘의 운세에서

쌍둥이자리 3월21~6월...
연애운 커플이라면 자신의 감정을 잘
스러야 합니다. 싱글은 평소보다.
에 신경 쓰는 것이 좋습니다.
행운을 주는 것들

날짜 16, 20   물건 수
색상 레드   정소

좀 웃긴 얘기지만

제가 보는 운세 앱이 진짜 잘 맞거든요.

데이트할 때 추천하는 색이라고 그래서요….

하…

빠직―

잠깐. 뭐?

데이트?

아, 그게…

음칫

대리님이 밥 먹으러 가자고 하신 건

이번이 처음이고….

짜악

야.

선 넘지 마라?

대답 안 해?

네?

네…

앗…
너무 앞서갔나?

큭‥‥데이트
야됐구나

혼자 북 치고
장구 치고

핏-

뭐…

그래도 나한텐
데이트니까.

It doesn't
matter~

이렇게만 있어도
너무 좋은걸~

같이 밥 먹으면
데이트지 뭐…

……

하…

…뭐 저렇게까지
시무룩해하는 거야.

벨트 매.

아, 넵!

사실이잖아.

그냥
섹스만 하는 사이인 거.

그것도 처음부터

저 새끼가
내 약점 들이밀어서
오기로 얽히게 된

파트너라고도 부르기
뭣한 떡만 치는 사이.

......

대리님,
여 여긴…

앗!
같이 가요!

쫄랑

쫄랑

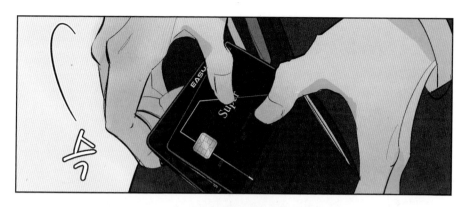

대리님,
이게 뭐예요?

영수증?

여기 김 팀장이
법인 카드로 실수한
술집인데.

아아, 네네….

가서 결제 취소하고

이걸로 다시 해 달라고 해.

예?

나는 여기서 보고 있을 테니까

정중하게 고개 숙이고

죄송하다고 사과하고.

자기가 할 일도 아닌데 심부름이나 시키고

아…

남한테
사과까지 하라고 하면
저 깐깐한 성깔머리에
얼마나 짜증이 날까.

왜?
못 하겠어?

저거 봐,
싫어하잖아.

김 팀장
잘못인데

뒤치다꺼리하려니
싫어?

아뇨…,

제가 왜….

아, 제가 왜 싫겠냐는 말이었어요.

헤

휙

저, 대리님.

이거 취소하고 나면 저희 밥….

끄윽

아, 아니에요.

그럼 다녀올게요.

도리

도리

뭐, 뭐야.

울어?

멍―

어…

아니…
무슨 말을 해도
안 울더니

고작
이런 걸로….

여기 왜
이렇게 건조해?

눈 뻑뻑해
죽겠네, 참.

허억!

짜악

후둑

…아!
지금 이것도
플레이의 일종인가?

쭈섬

쭈섬

아이구…

쭉…

삽입 없이도
가능한
플레이라니….

00

과연 대리님!

섹스의 달인!

빙그르르

히야아이이잉-♡

대리님은 부정하셨지만
나에겐 최고의 데이트야.

저...손님?

게다가
이곳….

여태 한 번도
해 본 적 없는
그런 종류의

망상이
샘솟는 곳이다….

이를테면….

웅성
웅성

우르르

저벅

덜컹

스르르…

저벅

형님!

형님!

저벅

저벅

punch
Drunk.
Love

Chapter

06

저벅

백사파
정태문?

저벅

예, 형님.

저벅

흠...

찰칵

쿼— 콜록콜록
쿠엑 컥...
콜록 콜록—!

혁, 형님?

에잇.
망상이어도
안 하던 짓은
못 하겠군.

후욱

다 나가라.

형님께
무슨 짓이야!

좀 짜져 봐,
너는.

혀, 형님…

들어오지
마라.

……

꿍

우르르——

저벅

저벅

저벅

용건이 뭐지?

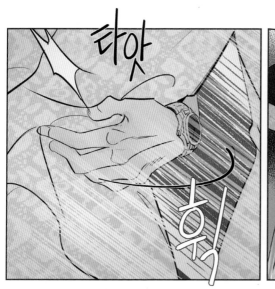

무,
무슨 짓이야!

용건?
그건 네가 더
잘 알지 않나?

네 생각이
머릿속을
떠나지 않아.

그때 경찰서에서
널 처음 본 이후로

어째서
너는…

불곰파의
행동 대장인 거냐…

왜 하필 불곰파야.
바나나파도 있고
호박고구마파도 있는데, 왜…!

크….

그러게 왜
불곰파일까….

저… 손님?

아, 아…
죄송합니다.

결제 취소하고
이 카드로 다시
해 주실래요?

아, 네.

히힛

히죽

힛~

히죽

아, 맞다.

짝~

직원들한테
정중하게
사과하라고 했지.

불편을 드려
정말 죄송합니다.

꾸벅

괘,
괜찮습니다.

이런 일 자주
있어서요.

하씨. 이것도
플레이의 일종이라고
생각하니까
엄청 흥분돼….

쿵

난 정말 답도 없는 변태 새끼야…!

아웅~

……

여태 했던 망상 중 (나름대로) 가장 리얼해서 셀프 흥분 중

저런 반응을 기대한 게 아니었는데.

대리님.

뭘 시켜도 좋다고만 하니까.

아까 그 정도면 괜찮은가요?

생각보다 별로…. 기분 안 좋아.

저…, 아직 식사 안 하셨죠?

여기 근처에 맛있는 집 있는데….

하아아···

깊은 한숨

일단···
그 옷부터
어떻게 하고
얘기하자.

핏_

그래서
같이 밥 먹겠다는 거야,
안 먹겠다는 거야···.

빨리 안 와?

네···!

후다닥

대리님….

갈아입기는
했는데…．

멀쩡하다 못해
잘 어울려서
놀라울 지경이다.

어엉—

스르

고객님
맞춤 옷 같네요~
불편하진 않으시구요?

네… 편하긴 한데
어떤지 잘 안 보여서…
시력이 나쁘거든요.

잠시만요,
아까 안경을 어디다
뒀더라….

……

톡

헉, 안경
떨어트렸다.

네?

아주 박살이
나 버렸어.

에이쿠!

투욱

이런
쩌 쩌…

못 쓰겠네,
이제.

아니
안경 싫어하는 건 아닌데
너무 안 어울리는 걸
쓰잖아, 쟤는.

아아-

괜찮아요.
집에도 비상용
있고

가방
안에도….

해맑

뭐?!

……

뿌끌

뿌끌

크

??

대리님?

그대로
입고 가겠습니다.
혹시 죄송한데
저 품바…,

아니,
입고 왔던 옷 버려
주실 수 있을까요?

엇, 대리님.
계산은 제가….

그냥 입어, 쫌….

네에….

……

…어라?

끼약

그러면 이거
대리님이 나한테
선… 물해 주신 건가?

??

파득

헤헤

허우적

대, 대리님….

웃으면
안 되는데.

표정 분명
이상할 거야.

왜 그래;;

허우적

대리님,
저 안 보여요….

허우적

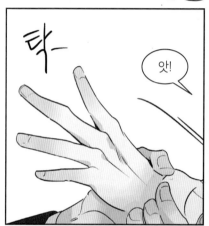

탁

앗!

흑

??

하아

대… 리님?

진짜
가지가지 해.

저, 대리님.
제가 구울게요.

시력에 맞는
렌즈가 없었다.

됐으니까
먹어.

먹고,
갈 길 좀 가자.

대리님이
구워 준 고기!

코피만
안 흘렸어도 바로
집으로 보내는 건데.

머엉_

근데 대리님하고 오니까
마냥 좋아.
냄새도 하나도 안 나.

야.

너 또
이상한 생각하지?

네?
지, 지금은
안 했는데….

하_

지금은?

……

치익

치익

와….

후….

고기 굽는 게 아니라
사내 화보 촬영장 같아….

불안

초조

하….
어떻게 해야
섹스가 늘까?

그거라도
잘해야 대리님한테
나하고만 자자고
제안이라도 해 볼 텐데.

달칵

사귀는 건 바라지도
않으니까

나만
독점하고 싶다,
대리님….

101

섹스도 결국
운동이잖아요.
하다 보면 운동 신경도
늘지 않을까요?

저
잘 못하는 거
아는데…

그래서
대리님이…,

저하고만…

몸정도
정이라는데…

그런 거,
저랑만…

크와악

두근

두근

마, 말했다…!

……

쭈욱

쾅

깜짝

흠

이게 진짜
갈수록….

대리님…

…못 하는
소리가 없어.

흐음—

22가

이폭

……

얌전

스윽

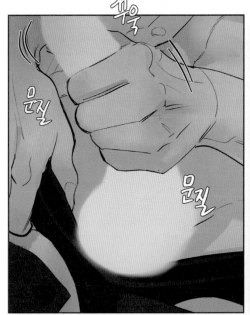

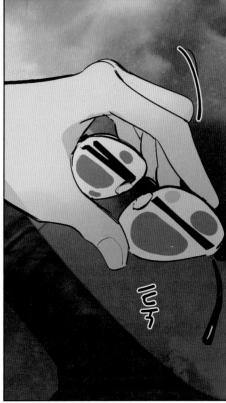

저 잘하고 있는 건가요? 대리님!

츄웁-

앗싸!

쮸웁

쮸읍

하-

좋으신 거 맞죠?

내가 빨아 줘서 대리님이 느끼고 있어…!

……

쮸웁♥

쮸웁♥

쮸우우웁

너는 싫지도 않냐?

오멀

으에?

입 떼고 말해!
물고서 말하니까
기분 나빠!

쿨럭

쿨럭

죄송해요.

싫으냐니,
뭐가요?

너 지금까지
나랑 싸구려 모텔, 호텔,
아니면 차….

그런 곳만
가고 있잖아.

에이,
오늘은 대리님하고
밥도 먹었잖아요.

백화점도 가고

욱

섹스할 때!

그리고 저희가 여태 똑같은 섹스는 한 번도 한 적 없잖아요?

헤헤...

같은 장소여도 매번 새로운 기억이 덧입혀지는 거 같아서 저는 좋아요.

하

내가 대리님 차 안에서 펠라해 볼 줄 누가 알았겠어.

너무 좋은 티 내면 안 된다 정신 차려 박선우!

우힉-

찰싹

찰싹

……

대리님, 지금 그게 문제가 아니고 우리 하던 걸 계속….

살랑

살랑

꼼지락

꼼지락

휙

그만해. 오늘은 영 기분 안 나니까.

어억!

대, 대리님…?

속

120

그 문제론
이미 괴롭힐 만큼
괴롭혔다고 생각한다.

인정하자.

달칵

저 새끼가 접근했던
방식이 짜증 났던 건
사실인데,

이런 이상한 관계를
이어 나가고 있는 건

박선우에 대한 짜증보다
흥미가 더 커졌기 때문이다.

쪼옥

박선우와
엮이게 된 계기를
가끔 잊을 정도로

ㅉ...

저거 버둥거리는 꼴
보는 게… 재밌어.

대리님, 좋은
아침입니다!

그런데 저렇게까지
나 좋다고 매달리는 애,

여태
나 돈줄 취급했던
쓰레기들하고

그 집안
사람들하고…

대리님~

쓰고 버릴
구멍 취급이나
하는 거.

…뭐가 달라.

힝 대리님…

왜
못 빨게 해요….

실망

추욱

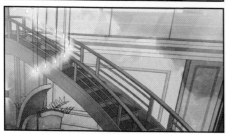

도련님!

달칵

허둥지둥

도련님!

회장님
오셨어요!

그게 뭐….

……

125

달칵

제일경제

……

꼭두새벽부터
무슨 일이세요.

넌 그게
애비한테 할
소리야?

애비라니요.

사모님 들으시면
화내시겠어요.

…그래,
사생아.

혼외 자식.

그 말인즉슨,
너도 절반은

미성 그룹의
사람이라는 거다!

punch

Drunk.

Love

Chapter

07

저건

하...

엊그제
DM 그룹 회장한테
연락받았다.

당신 아들 왜
여기 다니고 있냐고.

고정하세요...

오, DM 회장님은 그걸
이제야 아셨대요?

알면서도 모르는
척하시는 줄 알았더니.

네 생모 일로
방황하는 거 딱해서 그간
많이 봐줬던 거다!

......

본가 다른 애들이
어디 너처럼 하고 싶은 거
다 하면서 사는 줄 알아?

펄

당연한 거 아닌가.

언제까지 사내새끼들 뒤꽁무니 쫓아다니면서 돈 펑펑 쓰고 다닐 거야.

멈칫—

난 본부인 핏줄도 아닌데 내가 왜 그러고 살아?

너도 미성 사람으로서 슬슬 밥값을 하거라.

밥값이요?

하하...

그래.

계열사 하나 자리 내줄 테니까 이름 올리고 있어.

정도 경영이니, 공정한 상속이니 떠들어 대도

민심이란 게 어디 쉽게 변하더냐?

……

반쪽짜리여도 같은 핏줄에게 맡겨야

주주들도 안심하는 법이다.

잔말 말고 지금 하는 일 정리해라.

촤악

쑤

훕

……

싫은데요?

아야!

어, 엄마?

망할 영감이
이것저것 다 해 준다고
꼬셔 놓고선…

엄마...

이게
전부라고?

집 한 채에
생활비 약간이?

초등학교에서 중학교,

중학교에서
고등학교로
진학할 때마다
이 문제로 진통을
겪으면서

끌꺽

끌꺽

일을 친 건 내가 아닌데
왜 고통은 나만 받고 있나,

진절머리가
나긴 했지만…

저기,
태문아…

톡

스윽

톡

돈 걱정 안 하고
살고 있으니
그걸로 됐다는 걸.

얘 운동화며
옷이며… 죄다
명품이잖아?

너 되게
부자라던데.
진짜야?

와, 그럼
피씨방 태문이가
쏘면 되겠다.

……

커 가면서
깨달았다.

좋네!
라면도 쏴라.

멀쩡한 부모도 없는데

돈까지 없었으면
얼마나 비참했겠어.

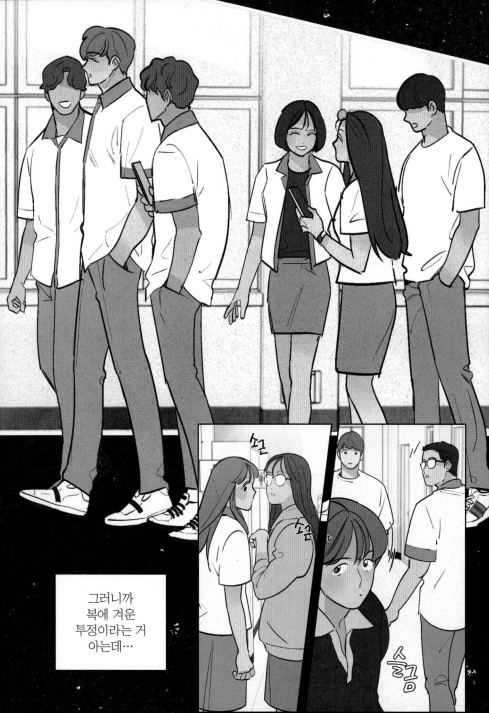

그러니까
복에 겨운
투정이라는 거
아는데…

대학교를
졸업할 때쯤

나이가 들었는지
핏줄이 당긴다며
아버지가 갑자기
찾아온 이후론

더더욱
엇나가기
시작했다.

남자와 뒹구는 게
취향이라는 걸
숨기지도 않았고

스펙을 쌓아,
보란 듯이 남의
회사만 전전했다.

달칵

본가로 불려 가
정기 행사처럼 질책을 받고,

휙

멸시하는 말을
듣고 난
다음 날이면

보고가 들어갈 걸
알면서도 더더욱
난잡하게 굴었다.

딩동—

여느 때처럼
관심도 없는
본가 사람들
지분 싸움이나
구경하다가

안녕하십니까.

꾸벅

아무 놈이나 붙들고
스트레스 좀 풀었던
다음 날.

저 자식이랑
엮이게 됐다.

뚝

꾸욱

아, 맞다. 오늘이 지급 결의서 마감일이네.

수근

악! 마감 오늘인가?

수근

유 대리님이 담당이면 괜찮아.

아니, 저 깡통 로봇만 아니면 돼.

아오-

걔가 담당이라 문제야….

······?

깡통 로봇?

만지작

혹시···.

깡통 로봇이
누구예요?

아···.

아아.

재무회계팀에
박선우라고 꼴통 새끼
하나 있어요.

설마 했는데···.

무슨 얘기들 해요?

아, 박 주임. 오늘 지급 결의서 마감일이라서.

깡통 로봇이 최 대리님 담당 아니에요?

맞아. 또 얼마나 꼬투리를 잡을지….

근데 이 새끼들은 왜 박선우만 씹는 거지?

대리님. 이거 날짜랑 숫자 다시 확인해 주세요.

와하하 잘한다~

아, 안 됩니다. 무조건 똑같아야 합니다.

그건 너희 잘못 맞잖아? 돈 주는 일인데 날짜랑 숫자가 틀리면 뭐 어떡하라고?

쟤 사람들하곤 얘기도 잘 안 하면서 맨날 화분에 물만 준다?

으으, 알아요. 진짜 음침해.

…오늘 박선우에게
이런 관계 그만두자고
말할 생각이었는데.

관둘 땐 관두더라도
이런 문제는 좀…

조언을
해 줘야 하나?

패션 센스야 하루아침에 될 일 아니니까

일단 넘어가고….

조용히 해.

대, 대리님?

깜짝

앗~

뚜욱

에구구…

히잉

안 보여

떠듬

떠듬

저놈의 안경 디자인부터 바꾸라고 해야겠어.

얼굴은 제법 괜찮으니 그걸로라도 호감 살 수 있게….

……

박선우.

두근

두근

…네가 나 협박하려고 들었던 거,

그거에 대한 화풀이는 솔직히 충분히 한 것 같아.

네?

굳이 둘 다 감정을
소모하는 건
비생산적이기도 하고.

너한테든
나한테든 서로에게
마이너스이기만
한데

헐.

헐….

감정소모
이런 사이 비생산적

마이너스

탁 탁

탓

저 말의
맥락으로 봤을 때….

설마 이거
고백???

그럴 바인
사기지!

그러니까….

두근

두근

두근

두근

들었어?

홍보 팀장님 얘기.

여태 하지 못했던

대리님
역진 밖인데···

쉿
들릴겠어

아

새로운 망상이
샘솟을 것 같···.

재무회계에 걔,
박선우였나?

?

······

스윽

올해 안에
무조건 내쫓을 거라고
그러시던데.

헐.
권고사직?

그것까진 아니고.

뭐?

한직으로 내보내거나 하겠지.

호오….

뭐. 다른 지방으로 발령받아서 대리님 못 보는 것만 아니면.

일거리도, 부딪힐 사람도 없다면 뭐. 나로선 그게 더 편할 수도…?

사회생활 하려면 융통성이 있어야 하잖아.

특히 돈 다루는 부서면 더더욱.

그치. 특히 윗분들 돈 문제는 잘 만져서 넘어가 주는 센스도 있어야 하는 건데.

지 혼자 독야청청이야.

재수 없는 새끼.

...아는 사람들이야? 혹시 밉보인 적 있다거나….

글쎄요.

......

괜찮아요.

어차피 회사 사람들이 저 안 좋아하는 거,

모르지 않아요.

안 보이게 쌍 빼큐

저도 대리님 말고 다른 놈들 신경도 안 쓰는데요, 뭐.

못생긴 새끼들은 다 죽었으면 좋겠어요.

…알고 있구나.

너무나 잘 알아서
이미 체념한
상태구나.

생각해 보면
당연한 일이다.

당장 나만 해도
박선우한테 붙는 꼬리표,
잘 알고 있었잖아.
말 트기 전에도.

어, 어떤⋯.

두근
두근
두근
두근

처음으로
고백받는 건데

우와, 대리님
이런 얼굴은⋯.

처음 보는
것 같아⋯.

얼굴에
넋 놓을 타이밍
아닌 거, 아는데⋯.

…이제 이 정도면
충분하지 않냐?

쯔…둑

타이밍 안 좋은 건
알겠는데.

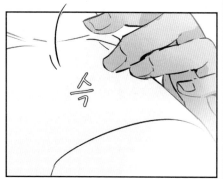

수

이 웃기는
짓거리.

그래서 더더욱
빨리 정리해야겠다는
생각이 든다.

네?

너도 나도
할 만큼 했잖아.

이렇게
불쌍한 애 데리고
희망 고문하는 것도

그만하는 게
맞는 것 같아.

대리님….

대리, 님…

전, 저는….

물론 제가 많이 부족하긴 하지만….

그렇지만 저, 대리님 정말로 좋아하고….

어떡하지?

이럴 때 무슨 말을 해야 사람 마음을 돌릴 수 있는지 잘 모르겠어….

이런 거 저런 거, 전부 대리님이 처음이라서….

그래, 네가 나 좋아하는 건 알겠어.

그러니까 나한테도 그런 수까지 써 가면서 자자고 한 거겠지.

그런데 너도 이건 싫잖아. 이런 섹스는….

그래, 솔직히
너랑 자는 거…
나쁘진 않아.

나 원래 지조 없이
아무하고
자기도 하고.

그런데…

내가 좋아서,
무슨 짓을 해도
받아들이겠다는
사람이랑

이런 식으로
관계 이어 가는 건
나도 마음이
안 좋아서.

철렁

아니에요, 대리님!
저는 진짜로 그런 만남,
그런 섹스가
싫지 않은데….

하아…

아-

이 얘기 하려고 잠깐 보자고 한 겁니다.

ㄱ

ㅇㅇ

유체 이탈

덜썩

싱긋

무슨 말인지 알아들었을 거라고 생각해요.

이젠 회사 동료로, 불편하지 않게 지내봅시다.

ㄱ…

아니

비틀

비틀

……

슥

그리고 이건 주제 넘는 얘기일 수도 있는데.

회사 사람들 때문에 고민이 생겼다거나 누가 괴롭힌다거나…

하여튼
힘든 일 있으면,

그럴 땐 언제든지
찾아와요.

그런 고충
해결하는 게
내 일이니까.

대리님….

내 잘못이야.

지금까지 대리님한테 뭐 하나 솔직하게 털어놓지 못했잖아.

좋아한다는 거 말곤

전부 거짓말이었으니까.

끅…

끅…

으으윽…

…대리님이 오해하실 법도 해.

더럽고 거친 섹스에 환장하면서 아닌 척 내숭이나 떨고….

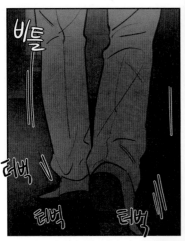

비틀

터벅

터벅 터벅

비틀

비틀

착한 분이라서….

못 할 짓한다고
속으로 힘들어하시는 거…
몰랐어.

멈칫―

드루와

무한 리필

이게 원래
내 일상이었다.

뭐야,
오랜만에 와서.

술만 마실
거야?

치근대는 새끼들 중
제일 마음에 드는 놈이랑
대충 뒹굴다가

며칠 후엔 또
다른 새끼 잡아서 또
몇 번 박고 끝내고….

그러게. 한동안
얼굴도 안 비치더니….
이제 시간 좀 나는 거야?

달그락

달그락

달그락

여태 그래 왔는데,
왜.

왜 이렇게
입이 쓰지.

하필 거기서 그 새끼들이
박선우를 욕할 줄이야….

올해 안에
무조건
내쫓을 거라고
그러시던데.

회사에서도,
나한테도

헐. 권고사직?

그건 아니고.

한직으로
내보내거나
하겠지.

그런 취급
받는 게 불쌍해서
빨리 정리하는 게
낫겠다 싶었는데….

…오늘 말하지
말 걸 그랬나?

punch
Drunk.
Love

Chapter

08

스윽

만지작

야,
정태문!

어떤 배우가
너 소개받고
싶대!

헐? 배우?

배우 누구?

진짜
거가?

대박

정태문,
내 말 들었어?

귀
안 먹었어.

근데 오늘은
딱히 끌리질
않네.

스윽

태문아,
잠깐만!

어어,
태문 씨!

뭐야~.

아,
간만에 떴다길래
나도 팔자 좀
펴 보나 했더니.

둥

둥

둥

둥

둥

쟨 원나잇도
스위트룸에서
한다며?

진짜 그렇게
돈이 많아?

몰랐어?

둥...

정태문
재벌가 사생아잖아.

거기 AR
다음 아냐?

그 정돈 아닌데
그래도 열 손가락
안엔 들지?

엥? 어디?

미성 그룹.

대박. 진짜?

둥

둥

대리님.

으아악!

펄쩍

이거
좋아하시잖아요.

사내 헬스장에서
운동 마치고

까, 깜짝이야!

처억

뭐, 뭡니까?

항상 이 브랜드
커피 드시면서 사무실
올라오시길래.

중얼중얼

그리고
직원들과 인사
나눈 이후엔

메일 확인
하시거나

중얼

윽…

중얼

중얼

그리고 가볍게
스트레칭을
하실 땐…·.

노금

뭐야, 너!

담배 피우러
가시거나…·.

번뜩

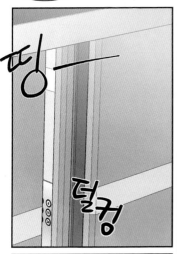
띵—

덜컹

히죽
히죽

껠껠

타앗

뭐긴요.

윽‥

대리님
직장 동료죠.

내가 미쳤지….

식겁

아무리 그래도
그 타이밍에 관두자는 말은
좀 그렇지 않았나,

계속 그런 생각이나
하고 있었는데.

대리님!

타다닷

쌔앵

저 새끼
대뜸 자자고 하는
또라이였던 거 잠깐
잊고 있었다.

다다다

대리니임~

다다

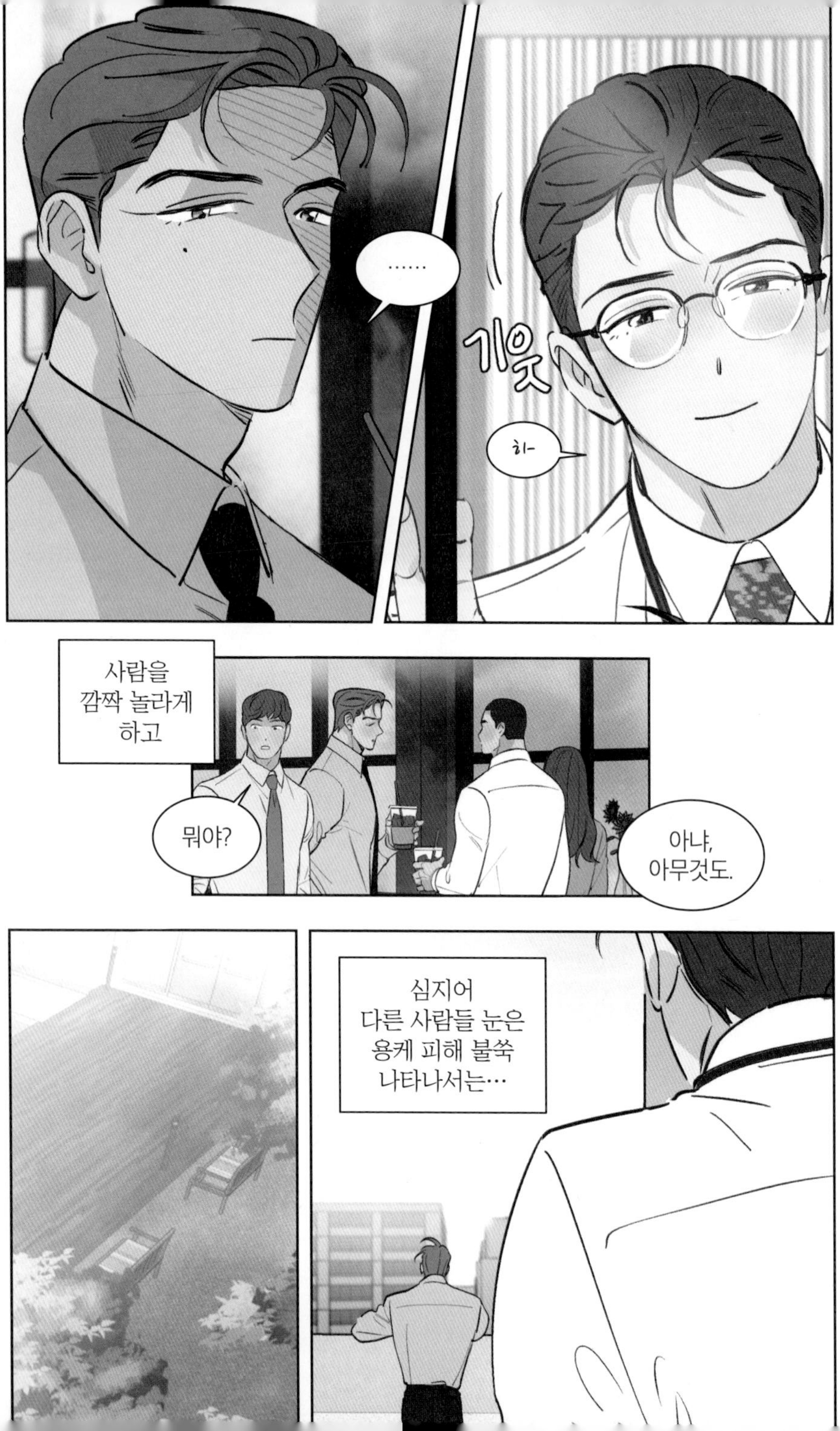
……
기웃
하-
사람을
깜짝 놀라게
하고
뭐야?
아냐,
아무것도.
심지어
다른 사람들 눈은
용케 피해 불쑥
나타나서는…

허…

깜짝

조용…

뭐, 뭐야?

아, 놀랐네.

누가 있는 줄
알았잖아!

아….

알겠다.

대리님이 갑자기
왜 그런 얘기하신 건지.

덥썩

대리님,
제가 고칠게요.

…?

뭘 고쳐?

갑자기?

왜 그런
말씀 하신 건지
알겠어요.

제가 사람들하고
어울리지도 않고

뒤에서 말도
많으니까 곁에 두기
부끄러우셨던 거죠?

아무래도 대리님은

평판도 좋으시고,
주변에 사람도 많고….

제가
성격 고치면,
그러면…
다시 저랑….

물론
못생긴 걸 보는 건
괴롭지만….

우와

사실
생각하는 것도
괴롭다.

사람들하고
인사 좀 하고 지내는 게
뭐가 대수라고.

변한다면…
다시 저랑

만나 주실
거예요?

…박선우 씨가 동료들과 못 어울리는 것과

우리가 섹파인 게 무슨 상관관계가 있다고.

툭

앗

슥

저기

바빠서 이만 가 보겠습니다.

대리님…!

자, 잠시만요!

사실 저, 대리님께 그간 숨겼던 일이…

꼭 솔직하게
하고 싶은 말이 있어요.
조금 길긴 하지만….

몰라.
전부 고백할래,
오늘.

대리님을
진심으로 좋아한다고,
그리고….

퇴근하고
주차장에서
기다릴게요….

전부 털어놓을게요,
제 얘기도 한 번만
들어 주세요…!

그리고…
동정 주제에 문란한 상상
엄청 했다고… 그간 다
내숭이었다고….

따한ー
죄송해요…

…여보세요.

지금 좀
나오거라.

…농담할 기분
아닙니다.

DM전자
대표한테 양해
구해 놨다.

군소리 말고
나와.

…하하, 우리
대표님한테도 말씀
하신 거예요?

제가 미성 그룹
사생아라고?

이미 알 사람은
다 알아.

서명 하나만
하면 끝날
일이다.

DM전자 앞으로
기사 보내 놨으니까
그렇게 알거라.

아.

씨발,
진짜….

흠~

터벅

터벅

터벅

흠~

흠~

정 대리가?

진짜 뭐가 있나?

쫑긋

??

쑤근

쑤근

으응?

정 대리님?

??

윙

차킹

대리님...?

위잉

차악

대리님?

어어,
팀장이고 본부장이고
찍소리도 못 하고 정 대리
보내 줬다니까,

조금 전에.

와- 뭐냐?

회장님 숨겨 둔
아들이라도 되나?

뭔가 있는 건
확실해.

게다가 로비에서
정 대리 타고
간 차가 글쎄~

꾸익

뭐야.
지금 이 꼴뚜기들이

대리님
뒷담화하는 거야?

부글

부글

사살!

사살!

사살!!

사살!!

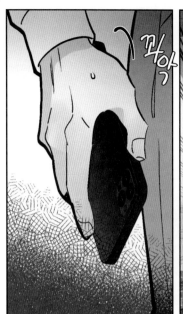

꽉

덜컥

꽈앙

으악!

뭐, 뭐야?

벌떡

깜짝이야!

숙

뒷담화로
동료에게
상처를 주고

업무 분위기까지
흐리는 것을
두고 볼 수 없군요.

헉….

뭐, 뭐라고요?

머엉…

방금 녹음했으니,

인사팀에 정식으로 고발하겠습니다.

처억

잠깐만! 박선우 씨!

힉

박선우 씨!

콩

뚜벅

뚜벅

뚜벅

못된 놈들.

대리님 앞에선 그렇게 알랑댔으면서.

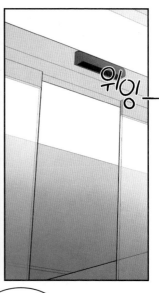

위잉

지은 잘못이 있는데

설마 파일 내놓으라고 하진 않겠지?

애초에 녹음하지도 않았음

성큼

성큼

성큼

어쨌든 앞으로 그 꼴뚜기들이 대리님 얘기 함부로 안 할 테니까.

아, 얼른
퇴근했으면
좋겠다.

대리님
보고 싶어⋯

대리님
보고 싶다~

앗, 그런데 방금
대리님 어디 가셨다고
하지 않았나?

분명 오늘
스케줄
없으셨는데⋯

무슨 일
생기셨나?

215

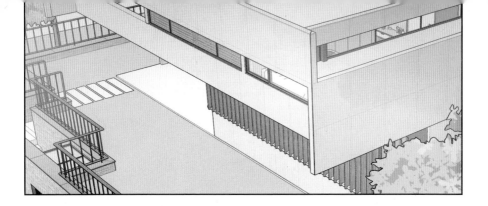

흠

……

흠흠—

오늘 이렇게 갑자기
모이라고 한 건…

다음 달 예정된
주주 총회 때문이다.

미성 레저 가지고
장난질하려는 놈들이
있어.

씨발, 그게 나랑
무슨 상관이라고.

218

그렇지만 이 상황에서 저희 지분이 더 늘어나면….

주가 방어 하려면 어쨌든 총수 일가에서 나서 줘야

모양새가 좋을 것 같은데….

그건 당연히 안 될 말이지.

타악~

벌써부터 자식 놈들 세력 키워 줘 봤자

나 같은 늙은이는 금세 팽 당하지 않겠느냐.

크흠~

그러니 이번 일은
태문이가 나서 줘야겠다.

밥값?

내가
그걸 왜 해?

너 인마,
말버릇이 그게 뭐야!

벌떡

그게
뭐가 자랑이라고
밥값을 하래?

까닥

까닥

스윽

멋대로
외도해 놓고
애 싸질렀으면

당연히
책임을 져야지,

너 지금
그걸 말이라고…!

주가?

씨발,
내가 알 게 뭐야.

콰악

집안 망신?

그걸 왜
나한테서 찾아.

당신들 아빠 아랫도리한테 물어 봐요, 그런 건.

저, 저놈의 자식이 지금….

부들 부들

어억…! 아이고….

아버지!

풀썩

한 번만 멋대로 내 생활, 내 자리 간섭하면

나도 이제 가만히 안 있어.

내가 먼저 언론사 찾아가서

미성 그룹 사생아가 개망나니처럼 굴다 못해

사내놈 후장 후리면서 산다는 말 터트리게 하지 말아요.

처가 도움으로 승승장구했으면서 본부인 임신한 사이에 젊은 직원 꼬셔

사생아까지 낳은 아버지 이기려면,

그 정도 스캔들은 되어야 할 것 같은데,

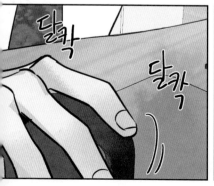

고백 성공 확률 100% 이벤트

풍선이나 꽃 같은 화려한 이벤트등으로 상대의 마음을 사로잡습니다.
고백 이벤트가 멋있고 정말 완벽해서 고백을 받아들이는 것은 아닙니다.
이성품 이벤트라도 자신만을 위해 준비해준 사람의 고마워하는

반짝 반짝

우와—

좋았어 이것도 리스트에 올린다

선우 씨, 그렇게 놀 시간 있으면 이 일 좀 처리해 줄래?

노는 것처럼 보이셨어요?

대리님이 파일을 넘겨 주셔야

크로스 체크 하고 마감 칠 수 있어서

하염없이 기다리는 중 인데요.

그리고 대리님은 간식 먹는다,

화장실 간다,

온갖 핑계로 자리 길게도 비우시는데

다다다다

다다다

저는 잠깐 숨도 못 돌립….

선우 씨…

아-

231

......

후욱─

활짝

스윽

그래서
어떤 수식에서
또 막히셨는데요?

빙글

…바, 방금
선우 씨가
말한 거 맞지?

뭐야?

말투가…

그럼 누가
말했겠어요.

어떤 게
궁금하신데요?

일단 내가
누구 외모를 지적할
수준은 아니잖아?

물론 수준이 어떻든
남의 외모 품평은
안 될 말이지만...

물론 내가
심각한 얼빠인 건
사실인데

흔들

흔들

그렇다고 회사 사람들
얼굴이 못나서 무작정
싫어하는 건 아니다.

터벅

터벅

터벅

에휴.

나름 신경 썼는데도
어정쩡하네.

멈칫

그렇지만 그 사람들은
마음이 너무 못났어.

그래서 외양이
어떻든 간에,

다 못난이로 보여.

심심풀이로
다른 사람 이야기
소비하고.

자기 실수는
남에게 떠넘기고.

윗사람들 비위
맞추는 게 일 잘하는
거라고 생각하고.

그런 주제에 감히
정 대리님까지
가십거리로 삼아?

씨익

씨익

썩을 놈들.

대리님
절대 지켜!!

흠

성큼

성큼

그래도 잘했어,
박선우.

오늘은 나름대로
다른 사람들에게
상냥하게 굴었던 것 같아.

엉망진창이네요.

허엉~
선우 씨ㅇㅇㅇ

여기
이 부분은 다 다시
하셔야겠어요.

친절~

와앙~

헉,
도, 도와줘…
선우 씨…

제가요?
이거 대리님
일이잖아요.

??

평소였다면
내 할 일만 끝내고
신경도 안 썼겠지만.

안녕하세요, 다음 주 결산 현황 확인하러 왔습니다.

덜컥

네?

안녕하세요, 지급 결의서 확인하러 왔는데요.

빼꼼

바쁜 와중에도,

버, 벌써요?

그래도 오늘은 다른 사람들 많이 도와줬어.

스윽

으악!

커피 드시나 봐요.

짠

깜짝이야!

와~
사이빈가?

어디서
예능 찍나?

신기한 일이야.

처음에 그냥…

대리님이 멋있어서
좋았고.

그런 대리님과
섹스할 수 있다니

꿈만
같았고….

계속 이렇게
엉길 수만 있다면

약간의 거짓말 정도는
괜찮지 않나, 생각했다.

정말로 놓치고
싶지 않아.

덜컹

그러니까 이번엔
진지하게 말할 거야.

끼익

어서 오…

헉!

……

깜짝

누, 누구…
아니 무슨 일로?

쓰윽

장미꽃,
백 송이 주세요.

척一

정열의
빨간색으로요.

아 진짜~

내가 이런
로맨틱한 계획을
세우는 날이 올 줄이야!

방방

까닥!

다른
브랜드 제품들도
다 가져와 봐요.

아, 네.

하아…

씨발….

네, 손님.

그런데 1억 원 이상 결제를 하실 땐 카드 소유주임을 확인해야 하는….

아니, 됐으니까…

보여 줄 거 없이 다 계산해 줘요.

예, 평소처럼 댁으로 보내 드리겠습니다.

미쳤어?

저 사람 누군지 몰라?

누군데 그래요.

이것 봐,

형꿈

이미 알 사람들은
알잖아.

피식-

콩가루 집안인 거.

그래 놓고 누구더러
집안 망신이래?

뚜벅

뚜벅

뚜벅

뚜벅

수

다행이다,

아직
안 오셨구나.

YES!

후...

일단 꽃잎부터
짝 뿌려 볼까?

츠
아아아ㅡ

흠... 대리님
보통 주차하실 때의
동선을 고려하면...

뒤적

뒤적

스윽

좋아,

punch
Drunk.
Love

Chapter

09

후두둑

촤-

후둑

후둑

이거야 뭐
어려운 거 없으니까.

달달

달

자-다음

헤헤

이벤트 양초

이건 어디에 어떻게 놔야 대리님이 들어올 때 발견하실 수 있으려나?

흠ㅡ

잠깐만요!

앗!

거기서 뭐 하시는 거예요?

번쩍

네?

이게 뭐야!

초를 왜 여기에 깔고 있어요!

이벤트 좀 하려고….

뭐라고요??? 이벤트으으??

이거 아주 큰일 낼 사람이네!

지하 주차장에서 촛불 붙이는 사람이 어딨어요!

이건 또 뭐야! 차 바퀴에 짓밟히면 완전 더러워지는데!

힝…

이런 이런

다들 퇴근했는데….

아무튼, 얼른 다 치워요!

어째 시작부터

아

안 돼

주욱…

망할 조짐인데…?

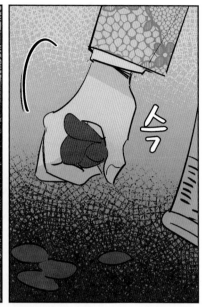

스

꽃길…

촤불…

......

그래도 다행이다.

후우....

저, 태문 씨.

집으로 가시는
거예요?

스

그럼 혹시

저랑 조용히
한잔하실래요?

잘
모르시겠지만

저 예전부터
태문 씨를….

뒤척

~

~~~.

후…

재무회계 박선우

대리님 알이
바쁘신가봐요...

재무회계 박선우

그래도 저 기다리고
있을게요!

지이잉

……

잘근

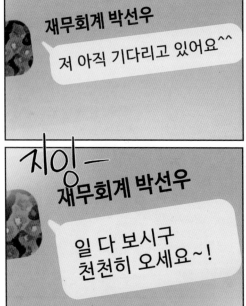

재무회계 박선우

저 아직 기다리고 있어요^^

지잉

재무회계 박선우

일 다 보시구
천천히 오세요~!

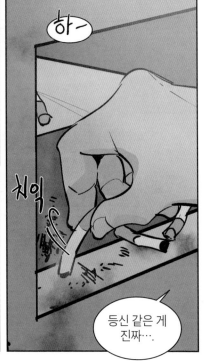

하ー

치익

등신 같은 게
진짜….

어? 태문 씨?

태문 씨!

어디 가요!

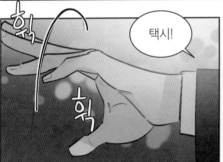

택시!

DM전자 본사
바로 옆의 건물에서
내려 주시면 됩니다.

예.

부웅

뭐 하자는 거야…

하…

연락이 없으면 그러려니 하고 집에 갈 것이지.

피식

하하

…그래서 걔가 기다리고 있다고

하

또 홀라당 가냐? 너는?

예??

아, 아닙니다^^;

빨리 가 주세요.

그 새낀 왜 이렇게 날 좋아할까.

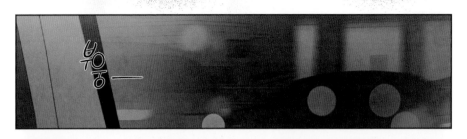

부응—

그리고 난…

왜, 박선우한테

자꾸 이런 감정을
느끼는 걸까.

이렇게 태어난 걸
어쩌겠냐고.

그래서 그냥…
운이 좀 나빴다고
생각해요.

말해,
괜히 덤볐다고.

이젠 하기 싫다고
말하면 되잖아.

싫어요…,
말 안 할 거예요.

조금은,

아주 조금은
미안하다는….

264

솔직히 박선우한테

그렇게까지
잘못한 거 없잖아?

치사하게
협박하려고 들었던 건
그 새끼고

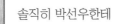

먼저 섹스해 달라고
빌었던 것도
내가 아니라고.

물론 그 과정에서
일부러 박선우에게 거칠게 굴고
상처도 주긴 했지만….

쿵-

쿵-

더는 못 할 짓인 거
나도 알아서
깔끔하게 정리했고.

주으극

그러니까
지 혼자 기다리든 말든
무시하고

달칵

잔돈은
됐습니다.

봉—

왜… 박선우
그 찐따의 메시지를,

스윽—

무시할 수
없는 걸까.

스윽

슬금

어? 아까 그
경비원님 아니네….

휴—

ㄹㄹ—

아저씨, 여기 쓰레기통 없어요?

하암-

줘요.

아니, 근데 안 가고 뭐 해요? 아까부터.

웬 꽃이요?

그러고 보니 아까 박 씨가 수상한 사람 있다고 했는데.

혹시….

흐음

아, 아니에요!

저 자리에 항상 주차하는 벤* 아시죠?

그 차 곧 올 거라….

차 다니는 공간에 짐을 저렇게 두면 어떡합니까?

그러고 보니 이것도 꽃이네.

아까 초에 불 붙이려던 사람이 그쪽이죠?

뭐 고백이라도 해요?

269

그, 그렇게
티가 나나요?

오잉?

아니, 저렇게 큰 꽃에
초로 길까지 만들려는 거면
고백밖에 더 있나.

으쓱

…꼬락서니는
거지왕 춘삼이
같긴 하다만….

힐끔

초롱
초롱

요즘 애들
저런 패션이 유행인가?
거참 따라잡기
힘드네…

오오…

고백에 대해
잘 아시는 것 같은데
그럼 뭐 좀 물어봐도
될까요?

씨익

아~ 큰일이네.
형님 연애 상담 한번
받아 버리면 커플 되는 건
시간 문젠데….

내가 연애 박사로
이름 꽤나 날렸는데 말야

270

역시!

오늘의 운세 대박!
도움이 되는 사람이
나타난다더니!

쌍둥이자리 5월21~6월21

연애운 도움을 주는 사람을 우연히
만날 운. 조언을 새겨들으면
반드시 좋은 일이 생길 거예요.

행운을 주는 것들

숫자 18. 30   물병

이따가
차 들어오면
노래 불러 주려고
하거든요.

노래? 상대방
나이가 어떻게
되는데요.

30대요.

뭐 부를 건데?

선곡은
…로 했는데요.

선

소근

쓰읍…. 아냐,
진심이 느껴지는
절절함이 있어야
할 것 같은데.

흠… 그럼 역시
○○ 아니겠어?

!
!
!

그렇군요!

나가면 다이*
있으니까 거기서 건전지
캔들이라도 사든가.

감사합니다!
역시 천재세요!

풍선 같은 것도
있으면 좋은데….
그쪽은 차 없어요?

네, 저는
없어요.

아아…

아, 좀
아쉽구만.

271

272

가만 보면
나 좋아한다고
하면서도 끝까지
자기 맘대로야,

박선우
이 새끼도.

딩동-

박선우가 하려는 말…
솔직히 뻔하다.

스르륵

진짜 좋아해요 대리님,
저랑만 자 주세요.

저벅

아니면 계속
섹파 하면 안 돼요?

저벅

이딴 얘기나
하겠지.

스윽

……

…다 알면서도
어쩐지 오고 싶었다.

그래야
할 것 같았다.

게다가 하필이면
오늘 만나자고 해서.

올 때까지
나만 기다리겠다고
해서…

이런 한심한 나를
필요로 해 주는

무작정 날
좋다고 하는,

나만 기다리고 있는
사람이 있다는 게….

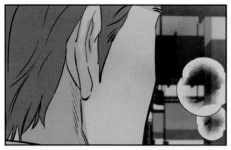

그게, 나는….

푸욱

하하…

…박선우.

내가….

어

야, 너….

이 미친!
이게 뭐야!

꼴은 또 왜 이래!

다가오지 마!

주춤

주춤

스윽

아, 옷을
급하게 사서….

좀 내린가요?

집에 더 멋진 옷들
많이 주문했는데….

역시
빨간 수트로
갔어야…

웃기고 있네!

당장 집어치워!

와!

어질_

저건 또 뭐야….

그게… 원래는 진짜 초로 하트 만들려고 했는데

경비 아저씨가 안 된다고 하셔서….

대리님

감동받으신 건가?

…야. 지하 주차장에 촛불을 어떻게 켜…. 너 진짜 돌았나?

그래서 조명 들어오는 가짜 초로 급히 준비했어요.

?

울어요?

저건 또 뭐고!

삐걱

?

삐걱

뭐 잘못했나?

아… 고백할 때 사진으로 테이블 꾸미고 꽃다발이랑 초콜릿 같은 거 주는 거라길래….

이건 고백이 아니라 제사상이잖아!

대리님!!

파아악

멈칫

…잠깐.

고백?

아

@#$이&!!

헙

아이고,
이걸 말해 버렸네….

대리님!

털썩

뭐 하냐,
너;;;

윽…

야, 미쳤냐?

뭐 하는 거야?

대리님,
바뀌겠다고 한 말
진심이에요.

와들짝

둗

어어…, 그….

전 다른 사람의
시선보다 제가
마음 편한 게 최고라고
생각하지만,

어덯지?

앗, 찾았다!

뒤적
뒤적

저의 이런 모습
때문에 같이 있기
부끄러우신 거라면

스윽

서투르지만,

조금씩
고쳐 볼게요.

왜냐면,

왜냐면…

식사했어요?

예전엔 대리님이
그저 잘생겨서
좋았는데요.

나랑 이렇게
자고 싶었던 건
아닐 거 아냐.

이젠 대리님의
모든 게 다
좋아져서,

도저히 포기
못 하겠어요.

빨리 안 와?

네…!

애인 같은 건
바라지도 않으니까…

앞으로도 저랑
섹스해 주세요.

아니,

저랑만 해 주세요.

…제발요.

…하…

…뭐.

그렇게 나랑
하고 싶은
거라면….

번쩍

진짜요?

진짜로요?

와앙

두리번

저랑만 섹스하실
거예요?

야잇!!
조용히 좀 해!

앗!

휘익

참 나, 어디서
이런 걸 또 옷이라고
사서….

미쳤네.

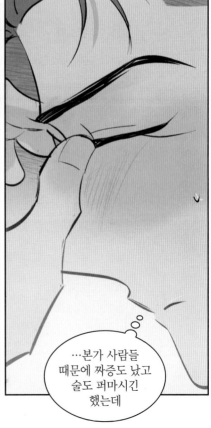

…본가 사람들
때문에 짜증도 났고
술도 퍼마시긴
했는데

그래도 그렇지,
저 옷 걸치고 있는 걸
보고서도 예쁘단
생각이⋯.

흠⋯

꼬옥

⋯잠깐만.
너 그건 뭐야?

까딱

아까부터
숨기고
있던데⋯

설마
반지 같은 건
아니겠지?

참 나.

섹파 주제에
커플링?

바라는 것도
많지.

아, 이거요?

헤헷

마이크요.

초소형 마이크

그딴 옷도
입지 말고.

알았어?

?!

하...

대리님…?
갑자기 왜…?

좀
쑥스러우셨나.

좋으신 건지
싫으신 건지
모르겠다….

야, 이딴 걸
고백이라고 날리는
놈이 어딨어.

아, 진짜…
생각할수록
어이가 없네.

난 또
이 어이없는 걸
받아 주고
앉아 있고….

하하

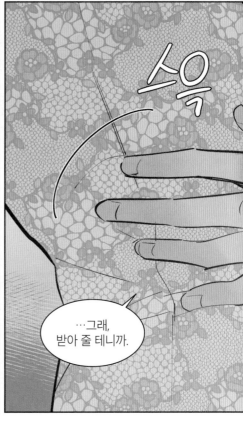

스윽

…그래,
받아 줄 테니까.

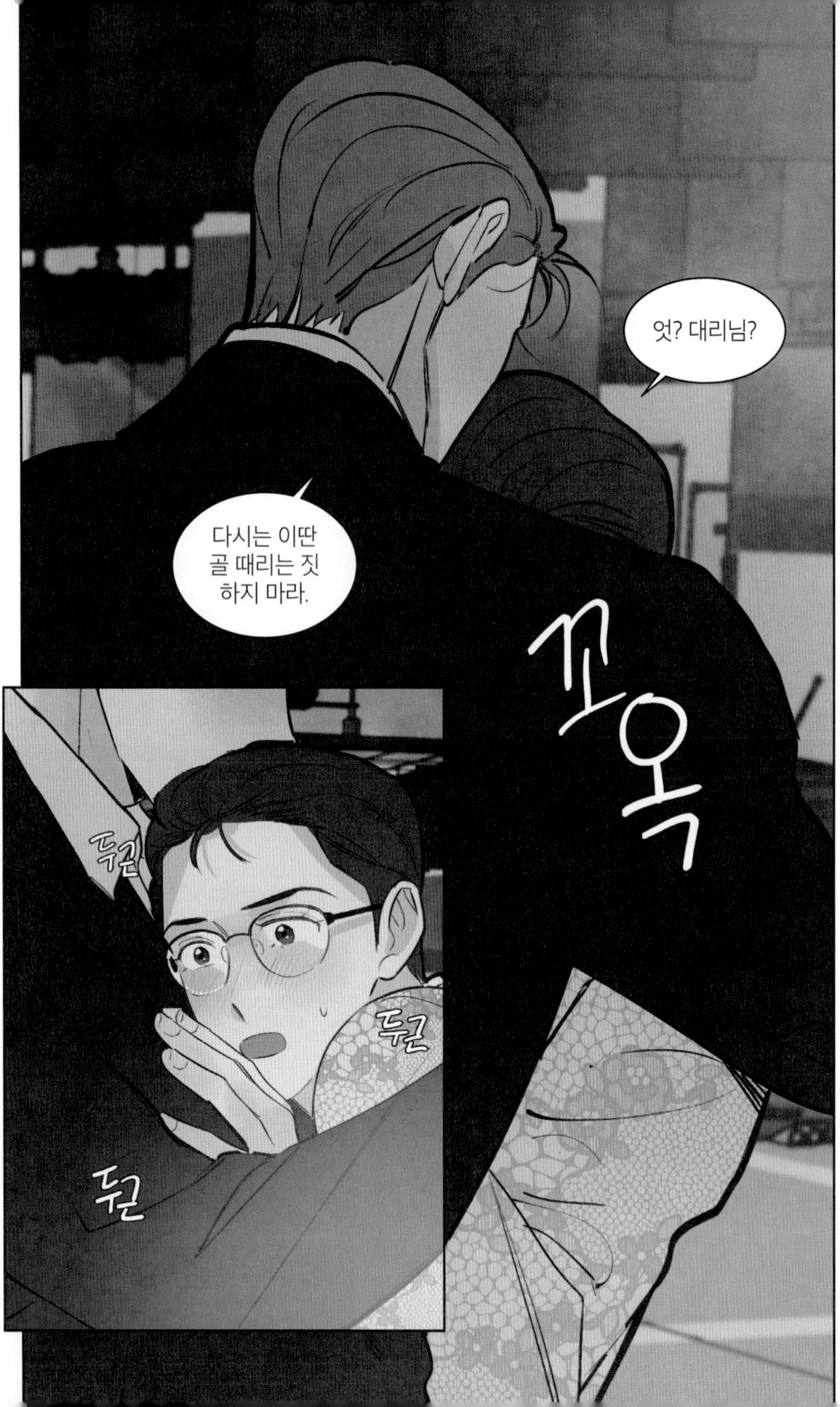
엇? 대리님?
다시는 이딴 골 때리는 짓 하지 마라.
꼬옥
두근
두근
두근

예전에도 몇 번이나
말하긴 했다.

으아ㅎㅇㅇ

대리님하고만
자고 싶다고,

좋아한다고.

그렇지만
이렇게 진지하게
마음을 전해 본 건
처음인 것 같아.

아니, 다른 사람에게
고백할 생각을 한 것
자체가 처음이야.

대리님,
진짜 좋아해요.

풉ㅡ

…알아.

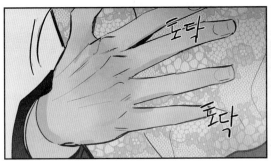

그리고 그 상대가

나한텐 너무 완벽한
정태문 대리님이라서

너무 행복하다.

펀치 드렁크 러브
1부 끝

편 치 드 렁 크 러 브

초판 1쇄 인쇄 2022년 11월 14일
초판 1쇄 발행 2022년 12월 2일

글 모스카레토
그림 옥동
펴낸이 정은선

책임편집 이은지
편집 김영훈, 최민유, 허유민
마케팅 강효경, 왕인정, 이선행
본문 디자인 (주)디자인프린웍스
표지 디자인 URO DESIGN

펴낸곳 (주)오렌지디
출판등록 제2020-000013호
주소 서울특별시 강남구 선릉로 428
전화 02-6196-0380 **팩스** 02-6499-0323

ISBN 979-11-92674-12-4 07810
       979-11-92674-10-0 (세트)

www.oranged.co.kr